내가 나일 확률
박세미 시집

문학동네시인선 121 박세미

내가 나일 확률

시인의 말

나와 나 사이에 흐르는 의심의 강이 있고
건너갈 수 있는 날과
건너갈 수 없는 날이 있었다

2019년 5월
박세미

차례

2부 벽과 종이와 액자로서 태어납니다

4부 기분은 디테일에 있다

1부

아프고 나면, 정말 아플 겁니다

떼

메뚜기 한 마리가 뛰어다니면 그건 메뚜기다
메뚜기들이 공중을 메우고 땅을 차지하고 지붕을 덮어버
리면
그건 재앙이다
사람들에게 재앙은 메뚜기일 리가 없다

방문을 열고 엄마가 들어오면
나는 '나들'이 되어 있고
엄마는 나를 못 본다 그건 재앙이다
엄마에게 재앙은 나일 리가 없다

밤이 된다는 것은, 눈을 깜박이는 순간의 어둠이
떼로 몰려들 때.

침대에 누워
엄마를 죽이고 아빠를 죽이고 애인도 죽이면
그건 '나들'이다
꿈꿀 때 나는 재앙이 될 수 있다

떼를 지어 다니는 내가
오늘 하나 더 죽으면
나는 내일 하루 더 살 수 있을 것 같다

밤마다 눈을 감는 것은,
수많은 거울을 만드는 일.
계속해서 나를 거울로 되돌려 보내는 일.

오늘밤은 내 방문 앞에 모여 있다

꾀병

곧 아플 겁니다.
슬픔이 오기 전에 아플 거예요.

물에 빠진 개와 눈이 마주쳤을 때
마침 나는 차가워졌고
조금 늦게 감기에 걸렸습니다.

아프고 나면, 정말 아플 겁니다.
스스로를 믿는 힘으로

갑자기 손이 아프면 혼나지 않았습니다.
열이 나지 않아도
따뜻한 손이 이마를 짚어주었는데

온몸이 아픈데
온몸이 그렇게
여기 있습니다.
그대로

다이빙대에 올라
검은 구멍 속을 내려다보았습니다.

우아한 몸짓으로 뛰어내렸는데

온몸이 이렇게
여기 있습니다.

죽은 개의 얼어붙은 꼬리를
꼭 붙잡고 매달려 있습니다.
스스로에게 속는 힘으로

알

처음부터 거기 있었는지 모른다
지나가던 개가 아무렇게나 싸놓은 똥처럼
거기엔 무단 투기 금지라고 쓰여 있었는데
나는 당당했지
버려진 적 없으니까

어느 날 거기 옆에 쪼그려앉아 말했다
누가 널 낳았니
이름이 없어 좋겠다
털이 있다는 건 위험한 일이지
정체가 발각되는 것이니까

집을 나오는 길
두 발이 섞이는 것 같았다 그다음엔 얼굴과
머리카락이 엉키고
몸의 구분이 모호해질수록
흩어져 있던 영혼의 조각들이 뭉쳐질수록
나는 아무렇게나 싸놓은 똥처럼

처음부터 거기 있었는지 모른다
아무도 내 정체를 모르고
아무도 나를 분류하지 않는 곳

껍질을 깨고 안으로 들어간다

욕조 안으로 들어가면
반쯤 잠기는 몸
최초의 기분은 여기에 있지
출렁인다
다리 하나가 기어나간다

미미*

내 침대는 어디 있나요, 그녀는 물었고
한 남자가 자신을 따라오라고 했다

남자의 그림자 속으로 그녀의 그림자가 들어가고
짙어진 부분은 쉽게 뜨거워졌다
그림자의 교집합이 사라질 때
그녀는 자신의 맨발을 쳐다보았다

여자는 기울어졌다
금방 쓰러질 것처럼
금방 일어설 것처럼
그대로 멈춰서 그 기울기를 사랑했다

당신도 총소리가 들리나요, 그녀는 물었고
남자는 대답 없이 사라졌다

총알은 기울어진 여자의
오른쪽 귀에서 왼쪽 귀로
빠져나갔다 텅 빈 정적을 받아들였다

가로등 아래에서 여자는
자주 기우뚱거린다 몸과 그림자가 만드는
가장 달콤한 각도를 찾기 위해

몸은 쉽게 그림자와 만나지 않는다

엎질러진 물잔을 쳐다보다가
아무도 모르는 웃음소리를 낸다 여자는

* 영화 〈비터 문〉의 여주인공, 마론 인형, 일본어로 '귀(みみ)'.

지각하는 이유

젤리를 만져보느라 그래
꾹꾹 눌러보다가, 가끔 비위가 상하기도 하는데
그럴 땐 옆에 잠시 쌓아두면 돼

개미떼가 온몸에 다닥다닥 붙을 때까지
불투명해질 때까지
기다리다가

선인장을 죽이느라 그래
초록의 몸은 싱그럽고 징그럽지
거기엔 도롱뇽의 꼬리가 있고 아기의 솜털이 있어
그러니까 선인장의 본질은
가시가 아니지
그걸 하나씩 뽑으며 기다리다가

누군가 함부로 정해놓은 시간이 지나면
출발해도 돼
발을 질질 끌며 천천히 걸어가도 돼

그러니까 지각하는 사람의 본질은
지각하는 곳에 없지

밥과 국은 그대로 남긴 채

젤리를 만지작거리는 4인용 식탁 앞에서
내가 도착하고 싶은 곳은
더이상 수저 놓는 소리가 들리지 않는 곳
또는
하루에 하나씩
선인장이 죽어나가도
아무도 아무것도 궁금해하지 않는 곳

화이트아웃

안개가 걷히지 않고 있다
좋은 날이 올 것이다

우리는 마주보고 사진을 찍었다
서로가 지워질 때까지

여기는 가볍다
가벼운 것을 가장 무서워해야 할 것이다

저기 깜박이는 불빛을 우리는 뭐라고 불러야 할지 몰랐다

안개가 걷히지 않고 있다
좋은 날은 평생 오지 않을 수도 있다

불시착한 우주선이
주차장의 규칙을 따르지 않는 것처럼
바로 여기에 비석을 만든다
우리의 키보다 큰
검은 동체

어떤 것에도 찍히지 않으면서
춤을 추고자

불행을 쫓으며
불안을 평안으로 여기며

백색 조명을 마주보는
두 눈은 평생 깜박이지 않는 것이다

먼지 운동

가위를 들고 어리둥절하다
매끄럽게 뻗어 들어오는 햇빛
사이에서 춤추는 것은
가끔 반짝였다가
사라지거나 나타나거나
자를 수 없는 나는

허밍이라고 부르겠다
다문 입의 고백이라면
아무도 알아채지 못하겠지만
모든 곳에 있겠다

이상한 속도로 떠다닌다
분명한 시선으로부터 느리고
움켜쥐려는 손으로부터 빠르게

검정 페인트를 들고 어리둥절하다
지하실에서는 갓난아기의 머리 냄새가 나는

감은 눈이라고 부르겠다
잠든 벽에는 질문을 던지지 않는다
귀신이나 천사처럼
온도가 없는 몸이 되겠다

나의 몸 첨단이 너의 호흡 속에 머물렀다가
가끔 빠져나왔다가
부스럭거렸다가 쌓였다가

그리고 다음주에는
야근을 해야 하고 그리고
언니가 결혼을 하고
축구장도 가기로 하고

아무것도 하기 싫어

불을 끄지 않고 잠드는 이유는
조금 더 선명한 악몽을 꾸기 위해서다

머리가 잘리면 몸이 말해
몸이 말할 때 머리는 가장 투명해진다

퇴근 시간의 지하철
작은 심장을 가진 아이가
낮게 깔린 공기를 붙잡고 서 있는 거

그러니까,
어렵고 무겁게 만들고 싶어서
힘껏 무기력해진다

시체 보존선에 맞춰 누워
취미와 열정에 관해 이야기하는 거

꽃 없는 꽃병을 건드릴 때
하필,
왈칵 쏟아진 오늘 같은 거

고여 있던 공기가 흐르기 시작하면
각설탕으로 집을 지어야지

비가 달게 내리게

끈적한 햇빛이 내리쬐면
빈터에 앉아 묵묵히 흘러내려야지
다시는 결심 같은 건 하지 않겠다고 결심하면서

도깨비

죽은 식물의 뿌리가 공중에 있는지
손 대신 갈고리를 가졌는지
발바닥에 신앙이 있는지
왼쪽 눈으로만 본다

커튼 뒤를 숭상한다
커튼과 창 사이의 간격
그 두께는 완벽해
숨겨진 빛의 맥박

쿵쿵 발을 구르면 온몸에 피가 돈다
머무를 방이 없구나
방망이를 휘두를 때
맞아 죽는 상대가 없고
마주볼 내가 없고

날마다 두 손을 모으고, 가지런히 두 무릎을 꿇어도
변신은 순식간이야

튀어나올래
베란다의 차가운 바닥에 오래 앉아 있을 때
눈동자가 굴러떨어진 가장 어두운 곳에서

약속을 어기고 유리창이 깨지면
검정 바탕이 될래
단 하나의 눈을 가질래

파티의 언어

거대한 사탕이 포장지만 남기고
사라질 뿐이라면
매일 밤 새로운 행성이 탄생해도 되지 않겠습니까?

두 손을 가슴 앞에 모으거나
무릎을 꿇고 엎드리는 습관을 잃어버릴 때
비로소 파티가 시작됩니다

당신은 오목하게 말하거나
볼록하게 말할 수 있습니다

무덤의 주인이
볼록의 아래에서 오목을 말하듯이
아이스크림을 파먹고 난 자국에서
자신의 무덤을 의심하듯이

당신의 운명을
처음 보는 과일처럼 건네받게 될 것입니다
두 손으로 물을 뜨는 흉내를 내어도 좋습니다
반쪽을 옆 사람에게 나누어주어도 좋습니다

이제 당신이 말할 차례입니다
정확히 반으로 갈라진

씨의 기원에 대하여

웃고 있는 뒤통수에 관하여 말입니다

몇 퍼센트입니까

숨어 있는 문이 있다는데
항상 열쇠를 쥐고 다녀야 한다는데
배우가 되려면 목구멍 깊숙이
눈물을 잘 흘려야 한다는데

당신 옆을 지나칠 때 우연히
내 걸음이 놓친 것들 나를 통과한 말들
진심이 진심에 덮여 사소해질 가능성
내가 나일 확률

뜀틀 하나를 넘으면 다시 뜀틀

낮과 밤의 경계에서
누군가는 동물이 된다는데
몸속을 뒤집어 가장 순결한 보호색을 띤다는데
당신이 당신일 확률

뜀틀 하나를 넘으면 다시 뜀틀
그릇이 깨지는 날엔 손이 가벼워졌다

내가 나를 다스릴 수 있다는데
스스로 밧줄을 쥐고 있을 가능성

당신 얼굴을 그리고
손가락으로 외곽을 문지르면
당신이 흔들린다
내가 흔들린다

뜀틀 하나를 넘으면 다시 뜀틀
나는 뜀틀과 넘어진다

2부

벽과 종이와 액자로서 태어납니다

또와 척

시계가 없는 방
장난감이 있는 방
또를 생각하고 척을 생각한다

또 지붕을 만들고, 이제 구름이 나올 시간이군요, 하면 구
름이 구름인 척 나오고, 또 작은 문을 만들고 잠이 들면, 도
둑이 도둑인 척 몰래 문을 열지

오로지 자신만을 위한
거대한 도시를 만들고 또
한방에 무너뜨리고 또

가장 위대한 척은 죽어 있는 척
오로지 자신만을 위해 죽는다

시체인 척, 이제부터 나는 또 시체야, 하면서 나는 가벼운
영혼인 척 웃다가, 잠이 들면 또 사람인 척 옆으로 돌아눕지

그리고 처음
태어난 척
블록을 또 쌓는 것이다

시체가 가득 쌓인 방

장난감이 사라진 방
자꾸 차가워지는 손목, 시계를 차고 밖으로 나간다

빛나는 나의 돌

발밑을 지키는 것이
나의 사명입니다
돌이 빛나는 유일한 자리죠

인어가 끝내 물거품이 되어 사라진 것은
인간을 사랑해서가 아니라
자신의 발바닥으로 돌을 포기했기 때문입니다

사명을 배반합니다
내 손으로 내 돌을 깨뜨려 옆 사람을 겨냥했다가
수면제를 삼키듯 증거를 인멸하면
새까맣게 타버린 돌은 잠 속으로 들어와
주로 악몽을 짓는 데 쓰입니다

기도의 형식은
맞댄 두 손에 있는 것이 아니라
꿇어앉아 하늘을 향해 포갠 발바닥에 있습니다
거기엔 빛나는 돌이 놓여 있죠

하지만
누군가 내게 와서
서로의 발바닥을 맞댐으로 사랑에 빠지자,
말한다면 나는 기꺼이

졸도할 것입니다
두 발바닥을 활짝 펴고서

대체로

그는 **촛불을 켜고** 눈을 껌벅거리다가
책상다리가 흔들리자 책상 밑으로 들어가버렸다
검푸른 돌멩이를 주워
나사가 풀린 자리에 끼워넣었다
며칠을 앉아

마시지 않는 물
선반 위 돌멩이를 계속 주시한다 그는
물을 이해하기 위해서
똑똑해졌다가 곧 멍청해지기도 하지만
대체로 무관심하다

마신다
손끝에서 발끝에서 돌멩이 끝에서
물이 고인다
체중계는 대부분 그의 몸무게를 맞히지 못한다
이를테면, **귀신과 비둘기**가 빠져나간 만큼

그는 고민한다
돌멩이가 언제 어디서 떨어질지 모르기 때문에
발등 위에 얹고 다닌다 보통은

물구나무

서서 본다
떨고 있는 그림자를
돌멩이는 **대체로** 그림자 없이 굴러다닌다

전구의 형식

눈물을 모두 소진하면 웃음이 나요 그것은 어떤 유리알일까요 눈물의 형식일까요 비상등을 켜는 순간이거나 화난 군중의 얼굴일지 모르겠어요

바닥에 서 있거나 천장에 매달려 있거나 상관없어요
스위치를 올리면 켜지고 스위치를 내리면 꺼지는
간결한 약속

아이들의 주먹

둥근 기체가 깨질 때 우리의 호흡은 불규칙해질 수 있을까요? 거실과 주방 사이를 왔다갔다하는 일 말고 이웃집 초인종을 누를 수 있을까요?

점점 많은 이웃들에게 초대장을 건네볼까요
이미 악당을 물리친 영웅처럼요

우리 밖으로 나와 하나둘씩 광장에 모여 서서
전구처럼
고장난 전구처럼
아이들의 주먹처럼

단지 우리는 동시에 스위치를 켜는 일 말이에요

딸기를 보관하는 법

딸기를 반으로 가르면
하얀 촛불이 켜진다
천사의 힘줄처럼
타오르는
단면
중심에 눈부심을 가두는 일
이 방식에는 강력한 슬픔이 있어
보관하는 방법에 따라
날씨, 운세, 기도가 달라질 수 있다

예를 들어, 딸기를 심으면 딸기가 열린다는 말을 들었다
고 하자
한겨울 손에 딸기 한 알을 쥐고 온종일 주머니에서 손을
빼지 않았다면. 또는,
보석함에 딸기를 넣어두었다가 마침내 봄이 되어 뚜껑을
열어보았다면. 아니면,
그냥 그 자리에서 먹어버렸다면.

어떤 슬픔이 더 소중한가

자, 그럼 이제부터
딸기 씨앗을 자르는 방법에 관하여 이야기할 수 있다

팔삭둥이

비 그리고 맑음, 운명에 관한 이야기

헤드폰에서 라디오가 흘러나온다
디제이의 목소리는 친절해
가까이 있지만
질문할 수 없는

어떤 노래의 3절
이름을 적고 옆에 사인해도 좋아
퉁퉁 불은 손과 발은 전시될 거야

내가 태어났을 때
그림자를 보고 놀랐지 사람들은
그들의 것과 내 것이 겹쳐질 때
울어버렸어
여긴 바깥이네?

고통스러운 표정이 나는 좋아
소금밭에서는 뼈가 녹는대
뒤통수에 표정을 남기고 녹아내리자

내 꿈은
덧니의 방향이고

곱슬머리의 방향   —
관에 누워 발가락을 슬며시 내미는 것

프로시니엄*

나는 아직 무대 위에 있다
막은 내려왔는데
코끼리도 그대로 있다
눈을 감아도 조명은 눈부신데
여기 없는 것은
커튼콜

어쩔 수 없다는 듯 새어나가는
빛과 나와 코끼리

텅 빈 검은 허공이
쩌렁쩌렁 울리는 목소리의 맞은편이듯

다시, 긴 공연을 시작한다
코끼리를 움직이기 위해
나는 점점 고조되었다가 점점 무심해지고
무릎과 얼굴이 맞은편인 것처럼

넘어갈 수 없는 곳에 넘어가기 위해서
즉흥적인 이야기를 하고
무대의 끝에서 끝까지 뛰어다니고
순진하고 수줍은 자세로 발꿈치를 높이 들고서

코끼리를 보낸다   —
맞은편으로

* 무대와 객석을 분리하는 액자 모양의 건축 구조물.

                                                                —

관찰자로서

마주앉은 사람이 내게 끝없이 질문을 합니다 대답을 하면
할수록 내가 지워지는 줄도 모르고
　뒤에 있는 사람이 내게 끝없이 용기를 줍니다 주먹을 쥘
때마다 내 두 눈이 감기는 줄도 모르고

　몰려드는 구경꾼들
　그들 한가운데 나는 속이 비치는
　동물
　그들은 각자 스케치북을 꺼내어 드로잉을 시작합니다

　이제 나는 관찰 대상입니다
　해안가로 떠밀려온 돌고래로서
　죽은 새끼를 안은 채 영영 잠이 든 침팬지로서
　가끔 사람 행세를 하는 사람으로서

　그들은 나를 그린다면서 자신들을 그려놓았습니다 나는
잠시, 내가 선택한 것이 죽음은 아니었는지 생각합니다

　벽과 종이와 액자로서
　태어납니다 서로에게
　벗어나지 않습니다

' '

그녀는 하루에 한 글자씩 일기장에 적었다
어떤 날은 '돌'이라고 썼고, 어떤 날은 '가'라고 썼으나
그것은 모두 새였다
어제는 '불'이라는 글자에서 자신의 발에 입맞추는 새를
보았고
오늘은 '새'라는 글자에서 풍선에 매달린 새를 보았다

어느새 그녀는 자신을 새라고 생각하게 되었다 '뼈'처럼
둥지를 틀고 '활'처럼 몸을 일으켰으며 '빵'처럼 부풀었다
가 '칼'처럼 슬기로워졌다 '실'처럼 춤추었고 '눈'처럼 나무
에 앉아 쉬었다

그녀의 몸에는 새떼가 뚫고 지나간 모양이 남아 있었다
어떤 새는 그녀를 지나며 솟아올랐고
어떤 새는 미처 그녀를 통과하지 못하고 부딪쳐 추락했
으며
어떤 새는 그녀의 가슴에 그대로 박혀 숨이 되었다

신앙생활

다리를 벌리세요
아이처럼 매달리세요

매일매일 기도하는 사람은
오늘 씨앗을 심고
잎이 쏟아져나오는 여름 나무를 기다립니다
나는 사라지는 것을 기다려요

매일매일 예배하는 사람은
세상에 없는 새하얀 그림자를 가질 수 있다고
믿습니다
나는 불가능하다고 믿어요

그분의 숨소리에 나는 점점 예민해집니다
내가 정결한 신부가 되었을 때
우리의 호흡이 일치하게 되었을 때

나는 젖은 몸으로 춤을 춥니다
천국의 문을 열었다가 닫았다가

그런데 자매님,
발끝으로 춤을 추어도
땅에서 벗어날 수 있습니까?

발레리나는 얼마나 오래 허공에 매달릴 수 있습니까
그녀는 매일 밤
수많은 종류의 과자를 우걱우걱 씹어 먹습니다

증발자

평원의 표면이 한 꺼풀씩 벗겨질 때마다
침대는 뒤척인다
침대는 벌떡 일어난다

방을 부수고 나가자고

나무가 되고자
두 다리를 벌리고 척추를 세운다
높아지고 터져나가
허공에 이르는
새들이 첫 비행을 성공할 때마다
사다리는
비틀거리다 쓰러진다

구름을 찢고 나가자고

새떼들이 서로의 몸에 불을 옮겨붙인다

마지막 남은 새
다리에 매달린 잠옷이 펄럭거리는 새
나는 날아가는 붉은 재를 입는다

제3의 방

아주 오랫동안 이 방을 취재해왔습니다.
나타났다 사라졌다 하는 방을 그날도 기다리고 있었지요.
방이 번쩍이던 순간 나는
힘껏 방안으로 발을 밀어넣었습니다. 드디어
이 방에 대해 설명해줄 수 있는 유일한 거주자
그를 만나게 된 것입니다.

이 방은 살아 있습니까?
대체로 이 방은 3×3×3m의 체적을 유지합니다. 식물과
모빌이 살고 있지요. 그리고 하루의 절반, 창문을 통해 들어
온 사각의 빛이 머무릅니다.
식물은 방의 시간입니다. 방의 시간은 수형과 색과 향기
로 흐릅니다. 가끔 말라비틀어진 시간의 잎들이 우수수 떨
어질 때마다 나는 그걸 줍느라 다른 시간의 줄기가 생장하
는 줄도 모릅니다. 오직 적당한 방관과 적당한 관심만이 시
간을 흐르게 하지요. 모빌은 방의 호르몬으로서 타고난 균
형감각으로 평안과 불안 사이에 매달려 있습니다.
빛은 침입자이지만, 그가 움직이는 경로는 부드럽고 온화
하니, 방은 기꺼이 입을 벌립니다.
이 방에서 살아 있지 않은 것은 나뿐입니다.

그렇다면 이 방에서 당신은 무엇입니까?
삶을 흉내내는 자입니다.

나의 생은 최대 9m²를 넘지 않으니

　　한때는 가수였고, 한때는 과일장수였으며, 그다음엔 고
아, 또 그다음엔 여행자였습니다.

　　나를 배우라고 생각할 수도 있겠지만, 이곳에 관객의 자
리는 없습니다.

당신은 갇혀 있는 것입니까?

　　하루는 잠에서 깨어보니 사방의 벽이 나의 머리와 발, 양
팔을 압박하고 있었고, 천장은 내 코끝까지 내려앉아 있었
지요. 나는 고정된 상태에서 과연 이곳에 식물과 모빌과 해
가 있는지부터 의심했습니다. 그날이 내가 겪어본 방의 최
소 부피였지요. 하지만 이내 내가 구르고자 하면 방도 함께
굴러간다는 사실을 깨달았습니다. 검은 상자와 한몸이 되
어 구르면 새벽엔 절벽으로 눈을 뜨게 되었습니다.

　　하루는 한 사람이 9m² 안으로 들어왔습니다. 많은 사람들
이 방을 찾아오지만 방과 함께 자신이 사라질까봐 금방 나
가버리곤 했는데……

　　그는 나와 함께 시간을 돌보기도 하고 춤추는 호르몬 아
래 나란히 누워 웃기도 했습니다. 그러다 볕을 덮고 잠에 들
었습니다.

　　고아는 그가 나의 친구라 하였고, 여행자는 그가 나의 적
이라고 했습니다.

그가 떠났을 때

나는 온몸이 떨리는 슬픔을 경험했습니다. 울면서 나는 스스로 정말 슬픔에 젖었는가를 물었습니다. 그가 등뒤로 숨겼던 식물들 때문은 아닌지, 모빌의 꺾인 팔 때문은 아닌지, 아니면 남을 흉내내는 나의 삶 때문은 아닌지 물으며 울으며 굴렀습니다.

슬픔이 증명될 때까지

사랑이 증명될 때까지

그리고 지구 반대편에 내가 잠시 서 있었던 적이 있음을 확인했습니다.

당신이 방을 버린 것입니까? 아니면 방이 당신을 쫓아낸 것입니까?

여행자가 답하겠습니다. 방의 시간이 식물로 흐른다면, 방밖의 시간은 금속으로 쏘아진다는 이야기를 들었지요. 하여 나는 나를 위해 싸우기 위해 먼 이국으로 떠나야 했습니다. 하루는 해변에서 결투가 있었지요. 파도가 밀려왔다 나가는 장면, 그리고 파도가 절벽에 부딪치는 소리만이 존재하는 그곳에서 나의 귀는 침묵 속에 잠겼고, 나의 눈은 어둠 속으로 추락했으며, 나는 살아남았습니다.

가수는 자신이 살아 있음을 널리 알리기 위하여 노래를 부르기 시작했지요. 노래를 흘리고 다니며 자신의 종적을 표시해두었습니다. 그러나 노래는 수많은 발들에 걸어차이고

━ 부스러져 가루가 되었습니다. 어떤 날은 빗물과 함께 하수
구로 쓸려내려갔지요. 가수는 자신이 왔던 길을 다시 걸으
며 떨어진 노래들을 최대한 주워모았습니다. 그리고 방으로
돌아와 노래를 한 움큼 집어삼켰지요.

　　방을 물려주지 않기 위하여
　　빈방만 남기지 않기 위하여

　　이것은 고아가 남긴 쪽지.
　　방을 잃어버리고
　　군중 속으로 던져졌네 서로를 애무하지 못해 안달난
　　사람들 한가운데
　　가여운 나
　　온몸을 핥아 키웠지만
　　과육은 모두 벗겨지고 남은 축축한 씨가 되었네
　　가여운 나
　　담을 방이 없네

　**사람이 사라질 때마다 유서가 발견되는 이유는 무엇입니
까?**
　　내가 당신에게 묻겠습니다.
　　그렇다면 유서가 없는 죽음은 무엇입니까?
　　그것은 방이 자살하기 때문입니다.

━

여기엔 어떤 경향도 없습니다.

식물이 거꾸로 흘러 방의 뒤통수를 친다든지 미래의 과일을 미리 뱉어버리는 것과는 상관없이

낮에는 미동도 하지 않던 모빌이 밤에는 제멋대로 공기를 휘젓는 것과는 상관없이

나도 모르게

사라지는 것입니다

유서를 남기시겠습니까?

빈방이 되겠습니다.

아무도 읽지 못하는

3부

나의 어린 하마는 허우적대지 않는다

얼굴이 없는 것들
날개가 달린 것들

붙잡힐 염려 없음
뒤통수가 도망간 방향을 아무도 찾을 수 없음

하늘, 올려다볼 필요 없음
전망대, 오를 필요 없음
궁상, 떨지 않음

다른 인간의 슬픔,
연동될 필요 없음
눈빛을 차단하여
점점 더 격렬한 춤, 출 수 있음

그리하여 굴복, 떨굴 고개가 없으므로
자신감도 필요 없음
그러니 얼굴, 옥상에서 뛰어내리지 못함

고독할 필요 없음
영정 사진의 누락으로
장례식, 필요 없음
날개, 필요 없음
한편,

얼굴이 있고 발이 달린 것들

신발을 벗고 발냄새를 맡을 수 있음
방안으로, 우는 척 쿵쾅쿵쾅 들어갈 수 있음
한 인간이 지나간 쪽으로 고개를 돌릴 수 있음

흰
겹

일기장엔 일기를 쓰기 시작한 날의 일기가 적혀 있는데
그날이,
기억나지 않는다

그날에 그 아이는 내내 울 것 같은 얼굴이었다
어쩌면 운 것도 같았는데
왜 일기장엔 '그 아이는 울지 않았다'고 쓰여 있을까
무엇을 커닝한 것은 아닐까
젯소*를 페이지 전체에 바른다

인도 슬럼가 골목에서 아이들의 눈을 본 적 있다
젖은 구슬 같았고
깔깔거리는 소리와 함께 구르던 커다란 눈이
왜 스케치북엔 검정 색연필만으로 그려져 있나

젯소를 덧칠한다

하얗게 굳어가는 표면 앞에
망설이는 손이 있다

흰 겹들을 쓰다듬으면
느낌에 대한 느낌을 되찾을 수 있을까

그러나 오늘, 나는 또
'옆집 할머니가 돌아가신 후에
동네서 가장 맛있는 막걸리도 사라졌다'고 적었다
할머니와 막걸리 둘 중 무엇이 먼저인지
순서도 모르면서 적었다

새 일기장 말고
젯소를 사기 위해 문방구에 간다

* 밑바탕에 덧칠하여 흰 바탕을 만드는 재료.

검은콩 하나가 있다

차가운 식탁 위에
있다
거꾸로 세워진 유리컵에 갇혀 있다
천장은 투명한 만큼 무겁다
나는 꺼내줄 수 있다

방안에 앉아 있다
벽은 나의 등에 기대어 있다
움직일 수 없다
방문은 누가 열어주나?

도마 위에
있다 검은콩 하나가
거대한 식칼의 날을 마주보고 있다
나는 찍어내릴 수 있다

방은 밤 한시에 가장 밝게 타오른다
시체처럼 누워 있는 내가 있다
소리지르지 않는다

오래 달궈진 프라이팬 위에
있다 검은콩 하나가
나는 불을 끌 수 있다

검은콩과 나는 익는다
그곳에 가만히 있다

인간 세 명

인간 하나가 누워 있었다
인간 하나가 앉아 있었다

악수
인사하려면 일어나야지, 서 있는 인간이 말했고
진심이 통하는 자세란 뭘까? 누워 있는 인간이 말했다
나라고 해야 할지, 너라고 해야 할지
인간 세 명이 이웃하여 서는 경우의 수는?

혼잣말
미운 오리에게는 미운 오리 자리가 있어
거기에 앉아 귀를 막고 스스로 목소리를 들을 때
말하는 동안은 말하는 것을 믿을 수 있지
도미노처럼 정확하게 엎어질래
그러다가 우리 중 누군가 외로워지면

폭로
이건 비밀인데, 하면서 도미노 한 조각을 넘어뜨리는 인
간 하나
넘어뜨린 인간과 넘어뜨리지 않은 인간의 눈이 마주칠 때
그래도 끝까지 무너지던 그림은 어떻게 완성됐을까
인간 세 명이 이웃하지 않고 서는 경우의 수는?

삼인칭으로서
다시 만난다
하나의 손가락에서 하나의 손바닥으로
자국이 전달되면
남겨진 온기만 기억할 것

춤추는 돼지

자백해, 모든 밤마다
이번에도 어쩔 수 없었니?

진술서를 적어두고
도망가자

검정 거울 위에서
빙그르르 돌면
한 마리는 도망가고
거울 속 돼지들은 남는다
돌돌 말린, 서로의 꼬리를 물고
박자를 맞추어 돈다
끊임없이 원을 그리며

사형선고를 받은 돼지는
마지막 똥을 누고 달린다
아무도 뒤쫓아오지 않는데

심장박동처럼
완벽하게 규칙적이고 멈추지 않는 것
악수하고 싶지 않아
평행선 같은 거니까

용서는 필요 없습니다
나는 원래 깨끗한 동물입니다
자신의 배꼽을 바라볼 때

몸서리칠 때가 있다
스스로에 대하여
가장 가까운 곳, 진흙탕을 뒹군다

피규어

옆으로 돌아눕곤 했다
누워서 보면 책장들은 모두 기울어져 있는데
왜 책들은 쏟아지지 않지

어린 손에 들린 저 장난감만큼 작아졌으면,
기도하는 중에
방은 지평선을 가진다

작아지거든 선명해지거든
독촉장을 읽지 않아도
친구를 찾지 않아도 돼

이 세상에 하나뿐인 존귀한 존재는 되지 않아야겠다

공장에서 태어나자
일정한 치수의 발을 가지고 간결한 가격표를 달면
이제 아무데서나 엎어져 있어도 상관없지

완벽한 자세와 날마다 똑같은 기분으로
더이상 눈을 깜박이지 않는다

경험 많은 늙은 손이 나를 집어드네
꺾어진 관절들을 곧게 펴 상자 속에 눕히면

뚜껑이 덮인다
옆으로 돌아누웠다

오브제

텔레비전은 음소거로 해두고
동그랗게 뜬 눈을 허공에 걸어둔다
스스로 없어지지 않기 위해
살아 있을 때 즐겨 취하던 포즈가 된다

첫번째와 마지막이 사라진 계단은
흑백사진으로 걸리고
살아 있는 계단은
계단을 재현한다

나를 또 만들어
번식할 수 있다면
가지를 쳐내듯 툭툭 떨어져나가도
몸 하나가 남겨질 수 있다면
어떤 날 혹은 매일매일

빨래들은 거꾸로 매달려 물을 뚝뚝 흘리고
솜을 채워넣은 쿠션들은 숨을 참고

등: 척추 마디마디를 늘이는 기분으로 둥글게 만다
팔: 견갑골을 최대한 들어올리고 등에서 날개를 뽑아내
듯 뻗는다

주변이 사라질 때
스스로 없어지지 않기 위해
살아 있을 때 한 번도 해본 적 없는 포즈가 된다
하나 혹은 여럿

떠나는 나에게

둥글고 푸근한 것을
꼬챙이로 푸욱 찌르던 순간에

몸 하나를 허락해줄게

나방과 나비가 뒤섞여 날아다니는 장면을 보고 있다
어떻게 그럴 수 있지?
낮과 밤으로 떨어진 것들

짐을 싸다가
꿈속인가, 의심하면서
멈추지는 않았다

살아 있는데 살아 있다고 느껴야 하나?

몸 하나만 허락된 나는
창밖을 바라보며 만두를 먹고 있다

바라보는 곳에는
나방과 나비의 몸들이 추락하는데
뜯어진 날개들은 자유롭게 바람에 흩어지고 있다

죽지는 않았지만 죽어 있다고 느껴

그림자 발끝에 못을 박는다고 떠나지 못하나?

막 떠나려는 나에게
허락된 하나를 빼앗았다

반투명한

호수 위 얇은 얼음이 깨지고 있다
나의 어린 하마는 허우적대지 않는다
뿌연 얼음이 부서지며 날카로운 소리를 내어도
작은 두 귀만 수면 위에 띄워두고 사라진다
나의 어린 하마는 아마 물속에서 좋았을 것이다
유리를 사랑한 적 있다
더이상 투명해질 수 없을 만큼 투명해서

속았다
모두 다 보여주었지만 보이지는 않았다
먹구름을 사랑한 적 있다
피부를 긁어 상처나게 하는 태양을
모두 다 가려주었지만
두 발을 들고 서도 만질 수가 없었다
나의 어린 하마는
얼음 속으로 들어가고 싶었다

내일은 도시를 하나 세울까 해*

나는 네가 볼 수 없는 것도 본다.
무엇을?

그애는 절대로 밖에 나가지 않았습니다. 세상에 셀 수 없
이 많은 돋보기를 깔아놓은 것 같다고 했습니다. 그건 자세
히 볼 수 있다는 뜻이 아니라 모자이크라는 뜻이었습니다.

나는 네가 보는 것을 못 본다.
건물은 금간 벽돌이고, 사람은 목의 주름이지.
모여 있는 사람들을 봐. 눈 옆에 또 다른 눈 한 조각, 그 위
에 코와 귀가 떠다니고.
입술이 벌어질 때가 가장 무섭다. 서로를 잡아먹을 것 같
거든.

그애는 하얀 방에 살았습니다. 아무리 늘여도 하얗고 아무
리 쪼개도 하얀 방에서, 이불을 머리끝까지 덮고 잤습니다.
나는 그애의 친구였지만 그애 방에는 놀러가지 않았습니다.

야, 저기 봐.
열쇠 구멍으로 붉은 개미떼가 몰려온다. 붉은 개미떼가
줄지어 내 방으로 들어온다.

* O. T. 넬슨의 어린이책.

부러진 부리

똑같은 수첩을 매일 훔쳐도
여자애는 입술이 말랐다

집밖에 방이 있다

내 뱃속엔 축축한 깃털을 가진 새가 살고 있어.
물건을 훔칠 때, 입 밖으로 쑥 빠져나가.

장롱 가장 안쪽으로 손을 뻗어
휘휘 저으면 날개가 생기는 것 같고

집의 문이 열리고 닫힐 때마다
발이 비쩍 마르는 것 같고

침대 밑 숨겨둔 보물들은
불을 끈 방안에서도 반짝거렸다

낮에 꾸는 꿈속에서 나는 그것을 가지고 있어. 그것은 팔
을 두를 만큼 크고, 도끼 같고, 방을 쪼갤 수 있지. 그러다
그것이 부러지면 나는 해냈다고 생각해.

깊게 벌어진 나무 사이로 박힌 부리가 있다

가방을 살짝 열어두고
말랑한 입술로 막대사탕을 쪽쪽 빨면서
오늘도 시도한다

게니우스 로키(Genius Loci)*

처음 오므린 손은 꿈이라고 불렸다

도시에 물이 범람하여 그림자 드리워지니, 나무를 찾는 사람들의 눈동자 떨린다 둥치가 잔뜩 부푼 나무가 있었으니, 거기에 그네를 처음 걸었던 사람이 있었고, 잇달아 잇달아 그네들이 매달리고 있었다 그 땅에 빈 그네들의 가득찬 그림자 흔들리고, 누구의 이름을 부를까

꿈에서 깨어나기 직전의 동작마다 고유한 이름이 있었더라면, 밧줄을 쥔 두 손이었더라면, 땅이든 바다든 눈동자가 있었더라면

우리가 눈동자 그리는 법은 모를지라도
아이가 두 손을 등뒤로 감추고 노래를 불러도
눈빛만으로 모든 것을 알아챘더라면

마지막 오므린 손이
하나의 악몽일 뿐이어서
참혹이 단지,
기분을 부르는 이름이었더라면

* 라틴어로 '그 장소에 깃든 혼'.

무게는 소리도 없이

카스텔라가 무너진다

넌 반드시 불행해질 거야
가장 가벼운 말이었어

아무도 카스텔라의 무게를 나누어 들지 않는다

갑자기 집안이 조용해진 적이 있지
드디어 누구 하나 죽은 것일까

기둥이 있다는 건 공간을 나누겠다는 것
이건 달콤한 개념이지

공간을 나눈다는 건 목적을 가지겠다는 것
그러나 나는 목적도 없이
방안에 다락방을, 다락방 안에 텐트를,
맨 마지막엔 인디언 텐트를 지을 거야

선풍기 바람에 방문이 서서히 닫히는 걸 본 적 있지
가볍고도 간결한 덩어리

카스텔라가 있었다
소리도 없이

4부
기분은 디테일에 있다

타워

고양이 울음소리를 낼 수 있게 되어서
이층

소리가 나지 않는 방은 몇 층입니까
라고 묻는다면, 아직 우는 여자

몸속에 여러 모양의 추들이 굴러다니고 부딪치고 열이 나
기 시작하면 팔층에서 구층 사이 계단이다

숨이 차오르더라도
녹슨 쇳덩이 냄새를 입에 물고
목을 길게 늘이는 연습을 하고
엘리베이터의 버튼은 누르지 않는다

소리가 닿지 않는 방은 몇 층입니까
라고 묻는다면, 아직도 우는 여자

얼굴에는 하나의 화면이 나타났다가
두 개의 장면이 겹쳐졌다가
함께 희미해지는 얼굴

구십구층의 새벽
더 깊은 곳으로 올라간다

끔벅이지 않는 물고기의 눈을 가지고

입구의 방식은
우는 여자가 우는 이유를 잃어버려도
솟아오르는 것뿐
무너지는 것은 꼭대기의 방식

여자의 머리카락이 자유로울 때
내려다보이는 세계는 아직도 울지 않는다

물성

굼벵이, 수영장까지
기어갑니다

물의 내부로 향하는 계단 앞, 굼벵이
조금도 두렵지 않습니다

물속에는 시간이 없고
빛의 얼룩만이 흐르니까
공간은 사라지고
투명한 뒷면만이 나타나니까

우윳빛 연한 몸, 부드럽게 물을 찢으며
유영합니다

굼벵이의 자세, 굼벵이의 속도, 굼벵이의 마음, 굼벵이의
식욕, 굼벵이의 일상으로부터
기어서 기어서
벗어나고 싶었지만 오늘도
실패라서

나무 아래까지
기어옵니다
축축한 몸을 흙속에 둥글게 말아넣으며

굼벵이, 자신을 비웃습니다

흙속이, 잠들기 전 몰려드는 죽음 같다면
물속은, 깨자마자 그리울 죽음 같습니다

흐린 아침
몸을 뒤집어 등으로 기어갑니다

밤새 누군가 허물을 벗어놓았습니다
마지막 감정을 본뜬
몸은 사라지고 영혼의 최대 질량만이 남았습니다
건드리면 부서지는

기고 기어서
마침내 무생물의 몸이 되었습니다
수영장에 내리는 비
둥둥 떠 있는 굼벵이를 두드립니다

잠옷

그것은 마침내 모퉁이를 도는 순간이야

빛이 내 쪽으로만 휘어지는 것 같을 땐
모든 게 엉망진창이지

가슴 위에 있는 마음이라면
몸을 뒤집고 누워
두 손등을 베개 밑에 묻고
나도 모르는 잘못을 빌어야지

내가 나의 숨소리를 듣기 싫으면
이어폰을 끼고 잠들면 되고
숨소리가 느껴지지 않으면
굳이 깨어날 필요도 없으니까

악몽에게 잠옷을 넘겨주고 돌아오는 몸

두 손이 내 겨드랑이 사이로 들어와
나를 통째로 들어올려도
절대 발을 버둥거리지 않아야지
어디에서,
깨어나려고?

아가미 깃발

그는 그의 뺨을 때렸다. 한 발짝, 두 발짝, 세 발짝…… 그
는 나로부터 멀어졌다.

뺨이 달아오를 때마다
찬물을 받고서
찬물을 받고서
얼굴을 처박고 숫자를 센다

하나 둘
밀어주지 않아도 움직이는 그네여
가장 높이 오른 심장마다
나는 나를 걸어두네

덮었다 벗겼다
머리카락에 매달린
얼굴 하나 둘 셋

엎어질 때마다
늘어나는 어항 다시 튀어오르는
얼굴 한 방울

조감

새의 눈알이 되기로 한다
눈알의 높이가 되기로 한다
그 높이에서 사선으로 내려다보기로 한다

무채색 아파트 단지의 표정을
길 건너 유리벽 빌딩이 모방하는 오후
몸 끝에서 뜯어낸 그림자가 마침내 사라지는 오후

자동차들이 움직이는 걸 본다
앞차와의 간격과
등이 깜박이는 박자와
바퀴가 틀어지는 각도가 만드는
도로의 기류
새의 시선과는 무관하다

사람들이 걷는 거리를 본다
신속하고 얕은 호흡들이 엉키고 부풀어
담장을 넘는다
새의 높이와는 무관하게

커피가 쏟아질 때
얼룩의 방향은 우연한 것일까

눈알을 쥔 양손에서 액체가
뚝뚝 떨어질 때
손의 온도는 나와 얼마나 무관한 것일까

블랭크

내가 잊은 것

성실히 도망가서

결코 스스로 돌아오지 않는다

비어 있는 이름 비어 있는 날짜 비어 있는 사건 비어 있는 나의 노트

비어 있는 대칭의 몸

나를 정확히 반으로 가르고 지나간

이제 내가 모르는 것들

기분은 디테일에 있다*

소매에 자꾸 얼굴을 비비는 고양이
빨갛게 퉁퉁 부어오르는 나의 팔목
이런 귀여움과 가려움 사이에
동그란 구름 지나간다

중년 남자의 기침과 어린 남자의 웃음 사이에서
쫑긋해지는 귀
말랑하게 익은 아보카도와 바삭거리는 시리얼 사이로
달콤한 우유
레이스 브레지어와 실크 셔츠 사이의
얇은 바람

얼마나 더 정교해질 수 있나

고양이가 부빈 나의 팔목으로 지나간 구름의 기침을 들은
귀로 바삭거리는 바람이 나를 살리고 있다면
창끝으로 너의 풍선을 터뜨릴 텐데

* 미스 반데어로에, "신은 디테일에 있다"에서.

옥신*

겨울옷을 입은 나는 겨울다워지기 위해 조금 춥다

할라피뇨 한 조각을 포크로 찍을 때
어떤 슬픔을 오물거리는 것 같다

향초를 켜두고 집을 나설 때
원목의 식탁이 불타는 장면을 본 것 같다

몸 한가운데 공간이 생기고
둘레의 엷은 근육들이 조여오면
나와 겨울, 둘이 있기 좋은 구멍

손톱을 아무리 잘라내도
이미, 죽은 세포에 가까워지는데

그런데 나는 옥신,
뒤꿈치와 정수리가 멀어지는 기분이 드는데
시베리아의 침엽수 하나가 부러진 기분이 드는데

여행을 떠나기 전
책상에 유서를 적어두고 온 것 같다

* Auxin, 식물생장호르몬.

알비노

평생 페인트칠을 하던 그는
새하얀 복도 끝에서 내려다보곤 했다
어둑한 버스 정류장을
서 있는 사람과 눈이 마주치기도 했다 가끔
그럴 때면 그는 기분이 좋았다
그는 이름도 병명도 없이
간호사들 사이에서 낭만주의자라고 불렸다
안과 밖의 색이 같아지는 아침이 되면
밤에 꾼 꿈에 대해 이야기했다
집 하나를 지었다고
벽을 시멘트로 바른 집이었다고
페인트 냄새가 난다고 했다
그는 코를 틀어막았고
눈은 금방 충혈되었다
그의 꿈은 모든 것이 선명했지만 유일하게
기억나지 않는 것은 집의 주소였다
그럴 때마다 다시 복도 끝을 서성거렸다
유난히 로비가 시끄럽던 날
그는 작은 목소리로 노래를 불렀고
사람들은 그 집을 상상했다
모두가 다르게 벽을 색칠하고
익숙하게 냄새를 맡았다

혼자서의 낭독회

커튼은 고백하기 좋다
눈썹과 코끝을 스치며, 커튼은 자꾸만 바닥으로 늘어지고
등에는 투명한 창이 매달려 있지
술래를 기다리는 마음으로

커튼을 빌려 나타나는 입술의 형상
목소리는 입술의 모양보다 늦게 온다

그러니까 혼자는, 후회를 기다려

베란다 쪽에서 내려다보면 화단,
복도 쪽에서 내려다보면 아스팔트 바닥이네

그러니까 혼자는, 죽기 좋은 곳을 확인해

난간은 고백하기 좋다
햇빛을 반사시키며,
옥상은 혼자를 튕겨내고 싶어하지
목소리는 공중에 내민 발보다 늦게 온다

낭독을 마치고 나면,
반가운 택배를 기다리고
우리는 친구처럼 둘러앉아 커피를 마시기도 해

그러니까 모두는, 혼자가 되어서야
낭독을 한다

데칼코마니

하나라고 여겼던 심장이 두 갈래로 벌어지던 저녁이 있었고 이인분의 생을 사는 일인분이 되었고 예고 없이 폭설이 왔고 심장 하나를 떼어내 움켜쥐고 눈 위에 꽝꽝 두드렸고 일인분의 기억이 사라졌고 나머지 심장 하나가 뜨거운 혈액을 온몸으로 푹푹 내보냈고 둘이라고 여겼던 심장이 하나로 뭉개지던 그날만이 남았고……

구음(口音)

소리가 기어서 나오는

경험, 그것은 상상의 동물

움푹 팬 곳에서 질질 흘러나오며

나는 젖은 소리를 내고 말았습니다

소리가 소리를 부른 것입니다

모가지를 힘껏 휘어서

벌어진 입 사이로 아무것도

없는 경험

소리가 소리를 파헤친 것입니다

가슴 동굴이 되었습니다

— will

— 처음 보게 될 아이의 눈동자를
그리워해왔다
나는 알아볼 수 있을 것이다
이 아이는 나일 것이다

흰 부엉이
날개를 푸드덕거릴 때마다 수북이 쌓이는 깃털만큼
기억들은 아름다워졌고 자꾸
'습관'이 나를 품에 안고는 아기처럼 침대까지 옮겨다주
었다*
그럴 때면 나는 흰 부엉이가 보는 앞에서 죽으려고,
죽으려고 했지만 매번 살아났다
'잊었어'라는 말은 이미 무의미하기 때문에

'미래'라고밖에 말할 수 없는 미래에는 흰 부엉이가
아직 도착하지 못했을 것이다

오늘은 나의 두 손을 미래에 두어
아이의 머리를 땋아줄 것이다 나의 손가락도 같이 엮어서
돌아오지 못하도록 단단히
내일은 나의 두 눈동자를 빼다가 미래에 심어둘 것이다
미래의 나를
'아직'이라는 도착하지 않은 무능을

—

알아보지 못하게

* 마르셀 프루스트, 『잃어버린 시간을 찾아서 1 : 스완네 집 쪽으로』
(김희영 옮김, 민음사, 2012) 중의 한 문장.

죽은 식물의 뿌리가 공중에 있는지

나는
식물의 영혼을 갖고 태어난
인간
기차가 지날 때마다
재빨리 두 귀를 막아도
몸이 흔들거렸다

복수를 모르는 가로수처럼
나란히 서 있다가도
칼을 옆에 두고 눕는다

시간을 모두 모아두었다가
죽을 때 모든 기억을 쏟아내는 식물은
무덤을 만들지 않고

다정한 사냥개를 영영 잃어버린 날도
이국에서 첫 술을 마셨던 날도
쉽게 잊는 나는
땅에 발을 묻는다

기차가 또 지나가는데
식물의 영혼이 내 몸을 떨어뜨리고는
돌아오지 않는다

뜻밖의 면

거울을 깬 적이 있지
누군가 불길한 징조라고 말해주었고
그날 이후 나는 그릇도 깨고 화병도 깨고
날카롭게 조각난 것들을 주우며
우연이라고 믿으며

긴 장마가 끝났어
숲의 입구에서 나는 나의 발을 한 번 보았지
사람들이 가지 않는 길로만 가자
깊고 연약해 보이는 땅만 밟자
진흙 속으로 오른발이 쑥 빠질 때
내버려두자
더 깊이 빠뜨리며
기다리자
머리 위로 새똥이 떨어질 때까지
멀리서 거울을 깨뜨리는 소리가 들려올 때까지
무릎까지 차오른 진흙이
온몸을 뒤덮을 때까지

내게 가장 재수없는 일은
당신이 내 이름을 계속 부르는 것일까
당신이 내 이름을 한 번도 부르지 않는 것일까

부서지고 작아진 마음 전문가

박상수(시인, 문학평론가)

1. 막막한 마음들에게

잘 지내니. 이런 말을 들으면 너도 모르게 마음 한쪽이 기우뚱하기도 하니. 하루하루가 쉽지 않지. 하나의 고비만 넘기면 좀 쉬워질 줄 알았는데. 고비가 또 있지. 힘을 다 써버렸는데, 이젠 힘이 없는데…… 혼잣말을 하기도 해. 어떤 날에는 아침에 일어나는 것이 무서울 때도 있지. 하루를 또 어떻게 살아야 할지 막막한 그런 마음.

요즘 난 작은 공기정화식물들을 키우고 있어. 미세먼지 농도가 나빴던 어느 날 나도 모르게 클릭을 하고 며칠 뒤 이 식물들이 담긴 상자를 받았지. 타라, 스파티필룸, 스킨답서스, 뱅갈고무나무. 포장을 벗기고 낯선 이름들에게 물을 주자 살짝 시들어 있던 이파리들이 생생하게 살아올랐어. 환하게 끼쳐오는 흙냄새. 채도가 다른 녹색의 활기. 미세먼지 핑계를 대기는 했지만, 식물들을 돌보며 그냥 내가 하루하루 숨이 막혔던 건 아닌지 생각해봤어. 식물들이 숨쉬고 살아 있는 모습을 가까이 느끼면서 나도 '같이 살려고' 했던 건 아닐까.

그래서 "뜀틀 하나를 넘으면 다시 뜀틀/ 나는 뜀틀과 넘어진다"(「몇 퍼센트입니까」) 같은 구절에 오래 머물러. 요즘의 내가 이 구절에 반응한 건 이유가 있겠지. 잘 들여다보면 막막한 마음들. 막막하지만 그걸로만 끝내고 싶지 않은 그다음의 마음들. 너는 어때. 네가 너로 남아, 너를 잘 지키면서 살고 있니?

2. 소리도 없이 카스텔라는 있지

처음 박세미의 시집을 읽으면서 이런 생각을 했어. 무겁지 않은 소소한 마음의 풍경들을 섬세하게 그려내는 시편들이구나. 그는 함부로 화를 내지 않고 누구를 원망하는 법도 없이 담백하게 자기 이야기를 풀어놓는 사람이구나. 여기의 삶에 충실하며 들뜨는 법 없이 자신을 돌아보고 '나'에 대해 고민해나가는 목소리. 그래서 좋아. 그래서 계속 읽게 되지.
이런 것도 있는 것 같아. 예를 들어 이런 단호함. "매일매일 예배하는 사람은/ 세상에 없는 새하얀 그림자를 가질 수 있다고/ 믿습니다/ 나는 불가능하다고 믿어요"(「신앙생활」) 어떤 이에겐 지상의 삶을 견디게 하는 힘 중 하나가 절대자에 대한 믿음이기도 할 텐데 정성을 다해 기도에 몰두해보기도 하지만 그건 발끝으로 겨우 추는 춤일 뿐, 땅에서 벗어나지 못할 것 같다는 쪽으로 불행한 예감은 기울어 있지.
이렇게 보자면 "내가 나의 숨소리를 듣기 싫으면/ 이어폰을 끼고 잠들면 되고/ 숨소리가 느껴지지 않으면/ 굳이 깨어날 필요도 없으니까"(「잠옷」)라든지 "죽지는 않았지만 죽어 있다고 느껴"(「떠나는 나에게」)와 같은 구절, 또는 "시체

인 척, 이제부터 나는 또 시체야"(「또와 척」)와 같은 문장들
이 왜 안 보였는지 신기할 정도야. 잠들기 전, 숨소리를 듣
기 싫었을 때가 너에게도 있었니. 남의 숨소리 말고 네 숨소
리가. '숨소리가 들리지 않으면 이미 내가 죽은 것이니까 잘
됐지. 아침에 깨어날 필요가 없는 거니까 잘된 거야.' 이런
마음까지 가본 적이 있었니. 박세미의 화자에게 '절망의 끝'
'구원 따윈 없을 파탄' 등은 어쩐지 어색한 말처럼 들리지만
그런 게 없어서가 아니라 그것들을 과시하지 않아서 없는
것처럼 보일 뿐이야. 때로 타인과의 관계에서 비롯되는 상
처들로 박세미의 화자는 아프지. 이런 시는 어때.

카스텔라가 무너진다

넌 반드시 불행해질 거야
가장 가벼운 말이었어

아무도 카스텔라의 무게를 나누어 들지 않는다

갑자기 집안이 조용해진 적이 있지
드디어 누구 하나 죽은 것일까

기둥이 있다는 건 공간을 나누겠다는 것
이건 달콤한 개념이지

공간을 나눈다는 건 목적을 가지겠다는 것
그러나 나는 목적도 없이
방안에 다락방을, 다락방 안에 텐트를,
맨 마지막엔 인디언 텐트를 지을 거야

선풍기 바람에 방문이 서서히 닫히는 걸 본 적 있지
가볍고도 간결한 덩어리

카스텔라가 있었다
소리도 없이

—「무게는 소리도 없이」 전문

　조금 다른 말이지만 우리 마음속에는 평소 다양한 '내적 가족'들이 존재하지. 이를테면 '하부 인격들'이라고도 할 수 있을 텐데, 어느 땐 다정한 사람이, 또 어느 땐 고집불통 어린애가 우리 안에 공존하고 있다고 할까. 이 하부 인격들을 크게 '추방자(Exile)' '소방관(Firefighter)' '관리자(Manager)'로 구분할 수 있어. 평상시 억압되어 있지만 어느 순간 탈주하여 등장하는 분노에 불타는 캐릭터가 바로 '추방자'라면, 추방자가 튀어나오지 않도록 억압하는 캐릭터가 바로 '관리자'야. 그럼 소방관은? 풀려났을 때 술이나 음식

등으로 주의를 돌려 덜 고통받도록 유도하는 존재가 소방관
이지. 이들이 우리 내면에 잠재되어 있다가 상황에 따라 불
쑥 주무대를 장악하는데, 주무대를 누가 장악하느냐에 따라
그 사람의 그 순간 캐릭터가 달라지는 거래.[1]

　헐겁기는 하지만 그런대로 시에 대한 이야기로 이 비유를
가져올 수 있다면, 박세미의 시는 추방자의 목소리에 잔뜩
힘을 실어주는 시라기보다는 관리자와 소방관을 출동시켜
내 안의 추방자를 다독여나가는 그런 시라고 할 수 있어. 관
리자가 어디 있나 싶지만 실은 눈에 보이지 않는 방식으로
추방자의 분노와 탈주를 상시적으로 제어하고, 슬쩍 소방관
이 출동하여 불을 꺼나간다고 하는 편이 맞지.

　인용시를 볼까. 누가 화자에게 던진 말일까. "넌 반드시
불행해질 거야"와 같은 말은 아무리 가볍게 들어도 그냥 끝
날 수가 없어. 우리는 이 말을 들은 사람의 심정에 강력하
게 이입하게 돼. 그리고 분노하지. 처음엔 실금이지만 무수
한 잔금으로 변해서 조용히 우리를 무너뜨리기도 하는 날
카로운 언어들. 그런데 어쩌지. 아무도 이 말의 무게를 나
눠 들어주지 않는 걸. 집안엔 내 편이라고 믿는 사람들이 함
께 있겠지만 모두들 구획된 자기들 방에 들어가 자기들 일
을 하고 있으니까 나는 고립된 거나 마찬가지. 실은 이렇게

---

1) 이상의 내용은 송형석, 『나라는 이상한 나라』, 알에이치코리아,
2018, 166～167쪽 참조.

까지 현실을 확인하고 나면 탈주자는 마구 목소리를 높이며 울부짖을 수 있거든. 하지만 박세미의 시에서 그런 일은 없어. 화자는 평정심을 유지하며 그저 방안에 다락방을, 그리고 텐트를, 다시 인디언 텐트를 치겠다는 결심을 할 뿐이야. 자신을 폭발시키지 않고 겹겹이 보호하려는 의지가 특이하게도 작은 공간감과 존재감에 대한 인식으로 나타난다고 할까. 선풍기 바람에도 방문은 닫혀버리고.

그런데 카스텔라라니. 가장 작게 몸을 웅크려도 역시 존재하는 카스텔라라니. 나는 이런 대목이 신기해. 그러니까 박세미는 저주에 가까운 말의 효과가 극단으로 치닫게 감정을 몰아가기보다는 자기도 모르게 관리자를 가동시켜 그런 자신을 다독이고 슬쩍 엉뚱한 사물 하나를 가져다놓음으로써 가볍고도 쓸쓸하게 자신을 웃게, 또 살게 만들어. 소방관이 출동해서 '분노'를 '카스텔라'로 바꾸어놓는 거지. 분노가 없는 게 아니야. 소리는 없지만, 그리고 무게도 가벼워 보이겠지만, 분명한 부피감으로 거기 있지. 달달한 카스텔라로 보이지만 그게 전부는 아닌. 쓸쓸한 웃음 뒤엔 가만가만 조용하게 슬픈 어떤 사람이 있는 거야.

3. 혼자만의 낭독회에 와줄 거니

그냥 보면 언제나 고요한 것처럼 보이는 사람. 싹싹하게 일도 잘하고, 투덜거림도 없고, 늘 평정심을 유지하며 다른 사람에게도 잘 맞춰주는 사람. 그럼에도 자기 슬픔은 절대 드러내지 않는 사람. 혼자서만 끙끙 앓고 마는 사람. 아마도 박세미의 화자가 지닌 캐릭터를 상상해보자면 그런 정도가 아닐까. 그럴수록 실금들은 쌓여가겠지. 어디로 갈까, 그것들은.

박세미의 화자는 타인의 잘못을 대놓고 부각시켜 공격하는 그런 사람이 절대 아니잖아. "복수를 모르는 가로수처럼/ 나란히 서 있다가도/ 칼을 옆에 두고 눕는다// (……)// 다정한 사냥개를 영영 잃어버린 날도/ (……)/ 쉽게 잊는 나는/ 땅에 발을 묻는다"(「죽은 식물의 뿌리가 공중에 있는지」)와 같이 식물의 영혼을 가진 사람인 거지. '칼'이랑 '사냥개'를 옆에 두고 싶었던 마음은 그만 너무 뾰족한 것이어서 자책 속에 떠나보내고, 도망가지도 못한 채로 귀를 막고 묵묵히 견디는 쪽. 왜 「빛나는 나의 돌」 같은 시에서도 돌을 깨뜨려 옆 사람을 겨냥했다가 그 돌을 차라리 삼켜버리는 사람의 이야기가 나오지. 타인과의 관계에서 오는 슬픔 때문에 이렇게 추방자가 나타나도 박세미의 화자는 기도하면서 자기를 돌아보는 사람이야. 누군가에 대한 미움을 자신에게 돌려버리고 마는 사람이, 바로 여기 있어.

그런 의미에서 '타인의 시선과 그로 인해 다친 마음' 같은 테마는 박세미 시의 주 감정선 중 하나인 것 같아. 누군들 그렇지 않을까. 「관찰자로서」라는 시가 기억나니. 아마도 면접장이 배경 같은데 화자와 마주앉은 사람의 끊임없는 질문에 화자는 점점 지워지고, 그들은 구경꾼으로서 화자를 그려보려 하지만 돌고래나 침팬지로 잘못 그리기만 할 뿐 정작 화자는 사라지고 마는 상황들 있잖아. 그때에도 화자는 이렇게 말하지. "그들은 나를 그린다면서 자신들을 그려놓았습니다 나는 잠시, 내가 선택한 것이 죽음이 아니었는지 생각합니다"라고. 그런 화자에게 위로를 건네줄 수 있는 것은 또다른 타인이기도 할 거야. 다음과 같은 시를 읽다보면 슬픈 일 속에서도 누군가를 기다리는 눈빛을 발견할 수 있지만 그 기다림이 응답을 받을 수 있을지는 모르는 일. 정말 알 수 없는 일.

커튼은 고백하기 좋다
눈썹과 코끝을 스치며, 커튼은 자꾸만 바닥으로 늘어지고
등에는 투명한 창이 매달려 있지
술래를 기다리는 마음으로

커튼을 빌려 나타나는 입술의 형상
목소리는 입술의 모양보다 늦게 온다

그러니까 혼자는, 후회를 기다려

베란다 쪽에서 내려다보면 화단,
복도 쪽에서 내려다보면 아스팔트 바닥이네

그러니까 혼자는, 죽기 좋은 곳을 확인해

난간은 고백하기 좋다
햇빛을 반사시키며,
옥상은 혼자를 튕겨내고 싶어하지
목소리는 공중에 내민 발보다 늦게 온다

낭독을 마치고 나면,
반가운 택배를 기다리고
우리는 친구처럼 둘러앉아 커피를 마시기도 해
그러니까 모두는, 혼자가 되어서야
낭독을 한다
　　　　　　　　　　—「혼자서의 낭독회」전문

　이 시 어땠어? 혼자서 무슨 낭독회를 한다는 걸까, 궁금
해하며 읽었니. 뭔가 어두운 분위기는 있는 것 같은데 후.반
부에 이르러 넉넉하게 우애로운 것 같아 혼란스러웠니. 커
튼 뒤에 숨어서 달콤하게 누군가를 기다리는 줄 알았지. 커
튼의 질감과 양감이 살갗에 스치는 아름다운 감각으로 환한
오후의 한때를 그린 작품인 줄 알았어. 그런데 그렇지가 않

앉지. 실은 화자는 죽고 싶은 마음이었나봐. "베란다 쪽에서 내려다보면 화단,/ 복도 쪽에서 내려다보면 아스팔트 바닥이네// 그러니까 혼자는, 죽기 좋은 곳을 확인해"와 같은 구절은 얼마나 서늘하게 무섭니. 화자는 지금 태연하게 슬픔에 대해서 말하고 있는 것인데 "옥상은 혼자를 튕겨내고 싶어하지"와 같은 문장에까지 이르면 세상에, 죽음을 옥상의 편에서 이렇게 고요하고 무덤덤하게 그려내는 사람이 있을까 싶어. 그래서 마음은 더 찡하지.

죽음에 대한 자기 고백이 '낭독'이었나봐. 중요한 건 내민 발보다 늦게 오는 목소리이겠지. 화자는 바닥에 떨어진 자기 마음을 들여다보는 낭독을 정밀하면서도 고요히 진행하고, 그러면서도 나를 불러줄 타인의 목소리를 계속 기다린 것 같지 않니. 술래를 기다리는 마음으로. 항상 늦게 오지만 꼭 오고야 말 것이라는 믿음을 아예 버리지는 않고. 그 끝에 "낭독을 마치고 나면,/ 반가운 택배를 기다리고/ 우리는 친구처럼 둘러앉아 커피를 마시기도 해"와 같은 구절이 등장하면 겨우 안심하게 되는 거지. '우리'는 과연 누구일까? 한쪽은 분명 반가운 택배를 기다리는 '지금 순간의 나'일 테지만 나머지 한쪽은 어쩜 후회할 것을 알면서도 죽음에 사로잡혔던 '조금 전의 나'가 아닐까. 이 모든 '우리'가 커피를 마시는 시간. 일상의 시간이 주는 회복의 기운. 위태로운 커튼과 베란다와 난간과 옥상의 시간을 거쳐 부드럽게 돌아온 현실의 감각. 그럼에도 또다시 찾아오고야 말 이 모든 혼자로서의 슬픔. 혼자 견딜 수밖에 없는 슬픔.

4. 먼지처럼 부서진 나, 피규어처럼 작아진 나

언젠가 이런 구절을 읽은 적이 있어. "우리가 삶에서 갖는 가장 큰 두려움 중 하나는 '산산이 부서져서 형체를 알아볼 수 없게 되는 것'이다. 정신분석학적으로는 '절멸 공포(annihilation fear)'라고 한다. (……) 어른이 된 후 심한 압박을 받는 상황이 오거나, 지금 어디로 가고 있는지 모르겠다는 느낌이 들어서 불안이 증폭하면 다시 절멸 공포는 스멀스멀 의식 근처로 올라온다. (……) 그 압박감은 엄청나다. 내가 가루만 남아 재가 되어버리면 그것으로 그냥 무로 돌아가버릴 것이기 때문이다. 사회적 압박이 강해질수록 갖기 쉬운 두려움이다."[2]

삶의 심연에 금방이라도 잡아먹힐 것만 같은 두려움에 시달려본 사람들에게 '절멸 공포'는 낯선 것이 아닐 거야. 내가 전부 부서져버릴 것 같고, 이미 부서진 것 같고, 그래서 숨이 잘 안 쉬어지는 상태. 정도의 차이는 있지만 이런 종류의 공포는 자기 내면을 들여다보는 일에 숙련공인 시인들이 가장 많이 도달하는 경유지점이기도 할 텐데, 박세미의 화

---

2) 하지현, 『대한민국 마음 보고서』, 문학동네, 2017, 217쪽.

자에게는 특히 이 '절멸 공포'가 주요 테마인 것 같아. 물론 이것들은 박세미식으로 톤다운되어 표현되지.

"방문을 열고 엄마가 들어오면/ 나는 '나들'이 되어 있고/ 엄마는 나를 못 본다 그건 재앙이다/ (……)// 밤마다 눈을 감는 것은,/ 수많은 거울을 만드는 일./ 계속해서 나를 거울로 되돌려 보내는 일"(「떼」)과 같은 구절을 읽다보면 내가 부서진 채로 수많은 '나들'이 되어버리는 상황, 자려고 눈을 감았는데 마치 수많은 거울 앞에 서 있는 것처럼 조각난 나를 발견하는 장면을 만나게 되지. 내가 산산이 부서진 것처럼 느껴지는 이런 일. 정말 막막하고 무서운 일. 게다가 앞서 말했듯이 누군가에 대한 미움을 자신에게 돌려버리고 마는 것이 박세미의 화자라면, 자기가 조각조각 부서지는 느낌이 드는 것은 어쩌면 당연한 귀결일 것 같아.

중요한 것은 '부서진 나'가 때로는 '작아진 나'에 대한 감각으로 표현되기도 한다는 거야. 그는 아마도 '부서지고 작아진 마음 전문가'라고 할 수 있을 것 같아. 이렇게 '가볍게' 표현하는 것을 용서해. 가볍게 말한다고 없는 것이 아니란 것 잘 알지?

누워서 보면 책장들은 모두 기울어져 있는데
왜 책들은 쏟아지지 않지

어린 손에 들린 저 장난감만큼 작아졌으면,

기도하는 중에
방은 지평선을 가진다

작아지거든 선명해지거든
독촉장을 읽지 않아도
친구를 찾지 않아도 돼

—「피규어」 부분

　이번 시집 중 어떤 시편들은 이렇게 '작아진 나'에 대해 말하고 있어. 아마도 어느 슬픈 날이었겠지. 화자는 옆으로 돌아누워 있는데, 누워서 책장들을 보면 모두 기울어 있는 것 같잖아. 마음이 기울어 있으니 책장도 그렇게 보일 수 있겠고. 하지만 책들은 쏟아지지 않지. 그러다 문득 어린아이의 손에 들린 장난감을 보면서 나도 작아졌으면 하고 바라는 마음. 그다음 말이 쓸쓸하지 않니.

　"작아지거든 선명해지거든/ 독촉장을 읽지 않아도/ 친구를 찾지 않아도 돼"와 같은 말을 봐. 한 명의 사회적 인간으로서 우리가 살아가는 이 세계가 절대 우리에게 우호적이지 않음을 확인하게 될 때가 있지. 남은 것은 그저 껍데기처럼 남을 흉내내며 사는 삶. 그런 순간들이 쌓여 감당할 수 없는 어떤 순간이 오면 우리는 작아지고 싶기도 해. 진짜 나는 이미 죽었으니까. 이러면 사람으로 취급되지 않아서 사람으로 해야 할 일들이 적힌 독촉장을 받지 않아도 되고 친

118

구에게 매달릴 필요도 없을 테니까. 이제 '소방관'은 화자를 '피규어 장난감'으로 만들어주기도 하네. 그러면 되겠지. 그러면 겨우 숨쉴 수 있겠지.

어때. 이런 마음이 이해되니. 왜 2부의 끝에 「제3의 방」이라는 장시가 있었잖아. 방에 갇힌 채로 자신의 가능성을 잃으며 죽어가는 이야기. 아니 이미 죽은 사람의 이야기. 내가 작아지고, 방도 작아져서 방과 함께 사라져버리는 그런 이야기. 결국 아무도 나를 읽지 못하게 되는 그런 순간에 대한 이야기. 나는 박세미 시를 읽으면서 어느 날의 내가 느꼈던 슬픔도 이런 슬픔이었겠구나, 비로소 설명할 수 있는 언어를 얻은 것 같아. 부서진 나, 작아진 나. 아무도 읽지 못하는 나. 텅 빈 방의 공간감. 텅 빈 공간의 슬픔도.

그래서 문득 자유로울 수 있다면 얼마나 좋을까. "누군가 함부로 정해놓은 시간"(「지각하는 이유」)에 구속되지 않고 "아무도 내 정체를 모르고/ 아무도 나를 분류하지 않는 곳"(「알」)에 살 수 있다면 얼마나 좋을까. 이런 시를 읽어. '부서지고 작아진 마음 전문가'인 화자가 마침내 먼지가 되어서 자유롭게 부유하는 어떤 시를. '부서진 나'를 더 밀고 나간다면, 누구도 함부로 대할 수 없고 자를 수 없는 '내'가 될 수도 있음을 증명하는 어떤 시를. 이내 현실로 돌아와야 함을 알고 있지만 그럼에도 잠깐 무한히 운동하는 아름다운 어떤 시를.

가위를 들고 어리둥절하다
매끄럽게 뻗어 들어오는 햇빛
사이에서 춤추는 것은
가끔 반짝였다가
사라지거나 나타나거나
자를 수 없는 나는

허밍이라고 부르겠다
다문 입의 고백이라면
아무도 알아채지 못하겠지만
모든 곳에 있겠다

—「먼지 운동」 부분

5. 발바닥을 맞댐으로 우리 사랑에 빠지자

앞서 '내적 가족' '하부 인격'과 같은 말을 한 적이 있잖아.
우리 인간에게는 사실 이 하부 인격들을 전체적으로 통솔하
는 새로운 자아가 하나 더 있대. 그게 바로 '관찰하는 자아
(Observing Ego)'라고 해. 그러니까 이 '관찰하는 자아'는
다양한 하부 인격들을 어느 정도는 인정해주면서 이들이 서
로 대화를 주고받게 하여 "자애롭고 균형 잡힌 눈"으로 자
기 스스로를 이해하고 만드는 존재인 거지. 우리 머리 위에

달린 카메라인 셈이라서 상대도 보고, 나도 보고, 내 안의
다양한 캐릭터들을 동시에 들여다보고 화해시킬 수 있는 객
관적인 시선이라고 불러도 좋을 것 같아.[3]

　시를 쓰고 읽는다는 것은 우리 안의 추방자도, 관리자도,
소방관도 현실의 삶을 살 때보다 훨씬 더 자유롭게 무대 위
에 풀어놓는 일이기도 해. 갇혀 있던 그들에게 목소리를 주
는 거야. 동시에 우리는 시를 쓰고 읽으면서 이 모든 하부
인격들에 조금 거리를 두고 관찰하는 자아를 하나 더 가지
게 되지. 죽음과 고통에 잠식되어 있는 자신을 객관적으로
바라볼 수 있는 '관찰하는 자아'를 통해 우리 스스로를 자애
롭고 균형 잡힌 눈으로 볼 수 있는 기회를 얻는다 해도 좋겠
지. 고통은, 슬픔은, 그 어떤 극단적인 것이라 해도 시로 옮
길 수만 있다면 거기에서 끝나지 않고 그다음을 생각할 수
있게 하는 힘을 우리에게 준다는 말은 그래서 가능할 거야.
나는 그 힘을 믿고 또 믿고 싶어.

　같은 맥락에서 박세미의 시는 이렇게 읽히지. 그의 시는
'관찰하는 자아'의 균형 잡힌 눈이 건강하게 살아 있구나.
그래서 내적 가족들의 이야기를 잘 들어주는구나. 비록 '부
서지고 작아진 자신'에 대해 말하는 순간에도 어쩐지 자애
로운 눈으로 그런 자신을 바라봐주는 눈길이 더 존재하는구
나. 자기 고통을 홀로 조용히 감당하면서 절망의 심연에 갔

---

　3) 송형석, 같은 책, 167~168쪽 참조.

다가도, 그런 자신을 인정하고 또 자신을 토닥이며 완전히 없어지지 않기 위하여 작은 발을 뻗어보려는 사람이구나. 그 작은 한 걸음이 늘 희미한 가능성으로 숨을 쉬고 있구나. 아마도 그런 이유로 나는 박세미의 시를 읽으면서 나를 인정하고 또 위로를 받았던 것 같아. 동시에 「아무것도 하기 싫어」와 같이 산뜻한 시를 읽는 마음에 대해서도 말해야 할 것 같아. 현실에 패배한 어두운 마음이 상상력의 탄력과 스스로에 대한 자애로운 수긍으로 반죽되면서 오히려 현실을 비트는 유쾌한 에너지로 전환되는 이 작품에 대해 오래 말하고 싶지만 그러지 못하는 나를 용서해. 시간이 다 되어가서 그래. 만약에 이런 방향으로 박세미의 시가 더 나아갈 수 있다면 어떤 풍경을 만나게 될지 너무 기대되고 궁금해. 꼭 읽어봐. 잊지 말고 읽어봐.

이제 마지막으로 "굼벵이의 자세, 굼벵이의 속도, 굼벵이의 마음, 굼벵이의 식욕, 굼벵이의 일상으로부터/ 기어서 기어서/ 벗어나고 싶었지만 오늘도/ 실패라서"(「물성」)와 같은 구절들을 읽어. 마치 내가 굼벵이가 된 심정으로. 굼벵이에서 벗어나는 데 실패한 마음으로. 거기에 더해서 "기도의 형식은/ 맞댄 두 손에 있는 것이 아니라/ 꿇어앉아 하늘로 향한 포갠 발바닥에 있습니다/ 거기엔 빛나는 돌이 놓여 있죠// 하지만 누군가 내게 와서/ 서로의 발바닥을 맞댐으로 사랑에 빠지자,/ 말한다면 나는 기꺼이// 졸도할 것입니다/ 두 발바닥을 활짝 펴고서"(「빛나는 나의 돌」)와 같은 구절들도 함께 읽지.

기도라는 것이 두 손으로 간구하는 데에 의미가 있는 것이 아니라 꿇어앉아 포갠 발바닥에 있다는 말이 인상적이지. 맞아. 그 두 발바닥이 있어야 여기 현실에 버티고 남아 다시 살아갈 수 있는 거지. 다만 그런 발바닥은 빛나는 돌이 놓여짐으로써 신성하게 추앙되기보다는 그런 내 태도를 충분히 이해해주는 어떤 사람을 통해 사랑으로 열릴 수 있게 되는 것 같아. 발바닥을 맞댐으로서 사랑에 빠지자, 라는 말에 두 발바닥을 활짝 펴고 졸도하는 화자의 모습은 우리 같이 여기서 살아남자, 는 말로 나에게는 들려. 네가 있다면. 나를 알아주는 네가 거기 있다면. 이 대목은 우리 연약한 존재에 대한 가장 사랑스럽고도 열렬한 환호라고 나는 생각해. 게다가 박세미의 화자에게는 "사람들이 가지 않은 길로만 가자/ 깊고 연약해 보이는 땅만 밟자"(「뜻밖의 면」)고 말할 줄 아는 용맹함도 있으니까.

이런 얘기가 있어. 나무를 연구하는 과학자인 엄마에게 어린 아들이 물었대. 엄마는 멋진 과학자이고 실험실에서 못 만드는 것이 없으니까 식물들을 잘 섞어서 나를 호랑이로 변신시켜줄 마술의 약을 만들어줘. 그리고 아이는 잠깐 다른 이야기를 하다가 이번에는 눈을 감고 엄마에게 또 물어보는 거지. 나 이제 호랑이로 변했어? 사랑스러운 목소리로 엄마는 아니, 라고 말해. 아이는 당연히 실망하겠지. 왜 아직 아니야. 빨리 호랑이가 됐으면 좋겠는데. 그러자 엄마

123

가 말해. "자기가 원래 되어야 하는 것이 되는 데는 시간이 아주 오래 걸린단다."[4]

　박세미의 시는 이렇게 말하는 것 같아. 우리가 원래 되어야 하는 것이 되는 데는 시간이 아주 오래 걸린단다. 부서지고 작아진 우리. 실패하는 굼벵이 같고 먼지 같은 우리. 각자의 자리에서 조용히 슬픔에 빠져 있는 우리. 그럴지라도 나는 끝까지 나로 남아 나를 지키면서 살아갈게. 그렇게 살기 위해 노력할게. 너도 너로 남아, 너를 잘 지키면서 살 수 있기를. 우리가 되고 싶은 것이 되기 위해서는 시간이 아주 오래 걸리겠지만 "스스로에게 속는 힘으로" 또 "우아한 몸짓"(「꾀병」)으로 지금 여기의 삶을 살아가면서, 그러다가 우리 다시 만나. 열렬하게 꼭 만나.

---

4) 호프 자런, 『랩걸』, 김희정 옮김, 알마, 2018, 379~380쪽 참조.

박세미 2014년 서울신문 신춘문예로 등단했다. 대학과 대학원에서 건축과 건축역사·이론·비평을 전공했다.

문학동네시인선 121
내가 나일 확률
ⓒ 박세미 2019

1판 1쇄 2019년 5월 31일
1판 7쇄 2023년 5월 22일

지은이 | 박세미
책임편집 | 김봉곤
편집 | 김영수 강윤정 김민정
디자인 | 수류산방(樹流山房) 본문 디자인 | 유현아
저작권 | 박지영 형소진 최은진 오서영
마케팅 | 정민호 김도윤 한민아 이민경 안남영 김수현 왕지경 황승현 김혜원
브랜딩 | 함유지 함근아 박민재 김희숙 고보미 정승민
제작 | 강신은 김동욱 임현식
제작처 | 영신사

펴낸곳 | (주)문학동네
펴낸이 | 김소영
출판등록 | 1993년 10월 22일 제2003-000045호
주소 | 10881 경기도 파주시 회동길 210
전자우편 | editor@munhak.com
대표전화 | 031) 955-8888 팩스 | 031) 955-8855
문의전화 | 031) 955-3576(마케팅), 031) 955-1920(편집)
문학동네카페 | http://cafe.naver.com/mhdn
인스타그램 | @munhakdongne 트위터 | @munhakdongne
북클럽문학동네 | http://bookclubmunhak.com

ISBN 978-89-546-5638-2 03810

* 이 시집은 2016년 한국문화예술위원회에서 한국예술창작아카데미 지원금을 받았습니다.
* 이 책의 판권은 지은이와 문학동네에 있습니다. 이 책 내용의 전부 또는 일부를 재사용하
  려면 반드시 양측의 서면 동의를 받아야 합니다.

잘못된 책은 구입하신 서점에서 교환해드립니다.
기타 교환 문의: 031) 955-2661, 3580

www.munhak.com
문학동네